이별이 오늘 만나자고 한다

이병률 시집

문학동네시인선 145 이병률

이별이 오늘 만나자고 한다

시인의 말

집이 비어 있으니 며칠 지내다 가세요
바다는 왼쪽 방향이고
슬픔은 집 뒤편에 있습니다
더 머물고 싶으면 그렇게 하세요
나는 그 집에 잠시 머물 다음 사람일 뿐이니

당신은, 그 집에 살다 가세요

2020년 9월
이병률

차례

시인의 말 005

1부 내가 나에게 좋은 배역을 주는 일

눈물이 온다 012
슬픔이라는 구석 014
사라지자 016
겹쳐서 018
아무도 모르게 020
지나가는 바람 021
얼굴 022
나는 하루 한 번 북극 항로를 지난다 024
방향의 감각 026
한 사람이 남기는 것은, 오로라 028
서로 030
사랑 031
내 삶을 누군가 대신 꺼내 쓰고 있다 032
단추가 느슨해지다 034
오시는 마을 036
닮은 사람 하나가 어디 산다는 말이 있다 038

2부 나무상자 하나를 구해야 한다

적당한 속도, 서행 042
숨 044
사람의 금 046
끝 048
틀 050
셋이서 사는 게 좋겠다 052
경유지 방콕 054
옥탑방 056
글씨들 058
칠 일 060
꽃비 061
쓸쓸한 날에는 바람만 불어라 062
바닷가에서 064
한 장의 사람 066
다시 태어나면 068
상해식당 070
눈이 부셔라 072

3부 당신은 나에게 아무것도 아니리라

빈집 식물에 물 주는 사람 076
형은 078
새 080
나의 장례식에 가서 082
가을날 084
여행 086
눈물이 핑 도는 아주 조용한 박자 087
풀리다 088
시(詩)칼 090
자유의 언덕 092
문장 094
집 095
어떤 나이에 대한 걱정 096
의문 098
갈급에게 099

4부 좋은 일을 가져다주는 종이

달에 갈 때는 인생을 데리고 가지 말자 102
애인 104
미용사가 자른 것 106
제주 바다 문어 108
잘 쓴 글씨 110
좋은 일 112
정물 114
비밀이 없으면 우리들은 쓰러진다지 116
셔츠 주머니 118
풍경을 앓다 119
부산역 120
세상의 끝 121
실 122
그럼 124

발문 | 이별 여행 127
| 서효인(시인)

1부
내가 나에게 좋은 배역을 주는 일

눈물이 온다

왜 눈이 온다, 라고 하는가
비가 온다, 라고 하는가

추운 날
전철에 올라탄 할아버지 품에는 작은 고양이가 안겨 있다

고양이는 이때쯤이 안전하다고 생각했는지
할아버지 어깨 위로 올라타고
사람들 구경한다

고양이는 배가 고픈지 울기 시작했는데
울음소리가 컸다
할아버지는 창피한 것 같았다

그때 한 낯선 소년이 주머니에서 부스럭대며 뭔가를 꺼내
작은 고양이에게 먹였다

사람들 모두는 오독오독 뭔가를 잘 먹는 고양이에게
눈길을 가져갔지만 나는 보았다

그 해쓱한 소년이 조용히 사무치다가
그렁그렁 맺힌 눈물을 안으로 녹이는 것을

어느 민족은 가족을 애도중이라는 사실을 알리기 위해
외출할 때 옷깃을 찢어 표시하고

어느 부족은 성인이 되겠다는 다짐으로
성기의 끄트머리를 잘라내면서 지구의 맨살을 움켜쥔다

그리고 그들을 제외한 누군가는
눈물을 흘리면서 심장에 쌓인 눈을 녹이고

누군가는 눈물을 흘리면서
가슴에 등불을 켠다

슬픔이라는 구석

쓰나미가 모든 것을 휩쓸고 지나간 마을에
빈 공중전화부스 한 대를 설치해두었다
사람들은 그곳에 들어가 통하지도 않는 전화기를 들고
세상에는 없는 사람에게 자기 슬픔을 말한다는데

남쪽에 살고 싶다는 생각만으로 휴전선을 넘어
남하한 한 소녀는 줄곧 직진해서 걸었는데
촘촘하게 지뢰가 묻힌 밭을 걸어오면서
어떻게 단 하나의 지뢰도 밟지 않았다는 것인지
가슴께가 다 뻐근해지는 이 일을
슬프지 않다고 말할 수 있겠나

색맹으로 스무 해를 살아온 청년에게
보정 안경을 씌워주자 몇 번 어깨를 으쓱해 보이더니
안경 안으로 뚝뚝 눈물을 흘렸다
보이는 모든 것들이 너무 벅차서라니
이 간절한 슬픔은 뭐라 할 수 있겠나

스무 줄의 문장으로는
영 모자랐던 몇 번의 내 전생

이 생에서는 실컷 슬픔을 상대하고
단 한 줄로 요약해보자 싶어 시인이 되었건만

상대는커녕 밀려드는 것을 막지 못해
매번 당하고 마는 슬픔들은
무슨 재주로 어떻게 요약할 수 있을까

슬픔이 오늘 만나자고 한다

사라지자

마취시킨 다음 통 말을 듣지 않게 될
나를 데리고 가서
사흘 동안 눈 속에 갇힌 사람처럼
그렇게 있다가
가지 않았던 길에 대해 고민할 것이다

그리고 사라지자

이번 생의 등판번호가
45라 하더라도
이번 생의 좌석번호가
11b라 하더라도
영원히 지휘자를 만날 수는 없을 것이다

우리는 원래 손상되거나 훼손되기로 약속되어 있었으니
반드시 사라지자

아무리 이 삶이 틀렸다 하더라도
우리는 사라질 때 열쇠 하나를 숨기고
그 또한 의미가 될 거라는 순리를 기억할 것
그리고 내 열쇠는 누가 줍게 되는지 염두에 둘 것

압축되어 당당히 사라지자

당신도 원래 바다였다
당신이 어떤 세월에 휩쓸리다 살 곳을 정했다고
흐르지 않게 될 거라고는 생각지도 마라

모든 산은 바다였다
산의 정상에서 조개껍데기가 발견된다고
누군가 가져와 흘렸다고 생각하지 마라

겹쳐서

양말에 구멍이 났다
그럴 수도 있는 일이라고 넘기려 했지만 신경이 많이 쓰였다

오래 있어야 하는 자리였고
많은 사람이 볼 수 있는 곳이었다
양말 구멍으로 내민 살이
꼭 그곳에 있기 싫은 내 얼굴 같았다

구멍이 나는 쪽은 항상 오른발이었다
신경쓰면서 살지 않았지만
신경쓰지 않아도 집요하게 한쪽에서만 구멍이 생겼다

하긴 사람만 없으면 그것도 별일은 아니겠지만
밖으로 나가 새 양말을 사서 얼른 신었다
신었던 양말을 벗고 자시고 할 것도 없이
그 위에다 신었다

속옷을 두 장 입는 사람도 있다

가면과 가면은 겹쳐진다
쓰고 있는 가면 위에 다른 가면을 겹쳐 쓸 수도 있다

만두피가 생겨 만두를 빚을 일이 생겼는데

안에다 채울 것이 없어 냉동만두를 넣고 통째로 감쌌던 적 있다

아무도 모르게

당신 방에 앉아 침대 옆에 놓인 시집을 읽습니다

당신이 비운 집
한쪽에 놔둔 식물에 물을 주라 하였기에

아무도 모르게 누워도 봅니다

냉장고에 들어 있는
술 한 병 꺼내 마셔도 좋다 하였기에

술만 마실 수 없어 달걀 두 개를 삶습니다

아, 희미한 삶의 냄새
이 삶은 달걀을 어디에 칠까요
무엇에 부딪쳐 삶을 깨뜨릴까요

지나가는 바람

그때 난 인생이라는 말을 몰랐다
인생이라는 말이 싫었다
어른들 중에서도 어른들이나 입에 달고 사는 말이거나
어쩌면 나이들어서나 의미를 갖게 되는 말인 줄로만 알았으며
나는 영원히 그때가 오게 되는 것인 줄도 몰랐다

그런데 오늘 나한테 인생이 찾아왔다
굉장히 큰 배를 타고 와서는
많은 짐들을 내 앞에 내려놓았다
이제 앞으로는 그 많은 짐들을 짊어지고
높은 산으로 올라가 하나하나 풀어봐야 한다고 했다

좋은 소식 먼저 들려줄까
안 좋은 소식 먼저 전해줄까
언제나처럼 나에게 그렇게만 물어오던 오전 열한시였는데
예고 한 번 없이 인생이 여기 구석까지 찾아왔다

얼굴

하루 한 번 삶을 생각하게 되었습니다
당신 얼굴 때문입니다

당신 얼굴에는 당신의 아버지가 왼쪽에서 오른쪽으로 지나갑니다
어머니도 유전적으로 앉아 있지만 얼굴을 자세히 보면
누구나 그렇듯 얼굴만으로는 고아입니다

당신이 본 풍경과 당신이 지나온 일들이 얼굴 위에서 아래로 차곡차곡 빛납니다
눈 밑으로 유년의 빗금들이 차분하게 지나가고
빗금을 타고 표정은 파도처럼 매번 다르게 흐릅니다

얼굴은 거북한 역할은 할 수 없습니다
안간힘 정도는 괜찮지만 계산된 얼굴은 안 됩니다
바다의 얼굴을 보여주세요

당신 얼굴에 나의 얼굴을 닿게 한 적 있습니다
무표정한 포기도 있는데다 누군가와 축축하게 헤어진 얼굴이어서 그럴 수 있었습니다

당신 앞에서 이유 없이 웃는 사이
나는 당신 얼굴이 되었습니다

이제는 얼굴에 얼굴을 묻을 수 있게 되었습니다

나는 하루 한 번 당신과 겹쳐지는 삶을 생각하게 되었습니다

나는 하루 한 번 북극 항로를 지난다

시인이 전화를 해서는 울었다
하염없이 울었다
옆에서 그의 어린 아들이 울음을 말리는 듯한 기척이 들렸다
아들이 손으로 아버지의 전화기를 막는 것 같기도 했다

그 상황이 하도 그래서 나는 같이 울까 했지만

아들은 아마도 모를 것이다
뭐라도 붙잡을 것이 필요해서
이어붙여도 붙여지지 않아서
그게 시인이라서
뭐라도 쏟아야 할 때가 있다는 것을

울고 싶을 때가 그러한 것처럼
말하고 싶지 않을 때는 더 중요하겠는데

어딘가로 여행중이거나
다른 사람들을 견뎌야 하거나 견딜 수 없을 때

시차가 있거나
아무도 이해하지 못할 기분 속에 빠져 있거나
특별히 답할 게 없거나 대답할 거리도 아니며

한 줄 적는 일도 곤란하거나
닿는 바람도 싫어지고

그런 게 있어서

한 노래만 열흘 동안 듣는 나를 때리고 싶거나
모든 것이 소망했음에도 깜깜하거나
누가 오래 아프거나
입을 여는 일이 서걱일 때

그럴 때가 있어서

어떻게든 이으려 애쓰는 것도 중요하겠지만
모두를 없애는 것도 중요할 때

이기지 않으려는 것까지도 중요할 때

방향의 감각

어느 서점 책장 안쪽에서 마주친 오래된 마른 걸레
까만 먼지를 몸에 감고 마르다못해 뒤틀려 뒹굴고 있는 그것은
누가 하다가 그만둔 일일까

일을 하다가 이제는 더이상 일을 하지 않으려고 다짐을 하고
행주로 책장 사이를 닦다가 주인에게 다가가
다부지게 꺼냈던 말이

그만두겠어요
그만두지 않으면 당장 죽을 것 같아서요

라고 말하지 않았을까 싶게도
걸레는 숨이 빠진 상태로 뭉쳐져 그곳에 쓰러져 있다

돌아올게요
언제인지 모르겠지만
이라고 말했는지도 모른다
그리고 돌아오지 않았는지도 모른다

나는 그것의 위치를 누구에게도 말하지 않고
다시 책으로 엄중히 가려놓았다

내가 잘 떠나는지 지켜봐주세요
하고 걸레에게 말했는지도 모르겠다

책 뒤의 구겨진 걸레는
먼 세계에서 날아온 공일지도 모르며
어떤 명령일지도 모른다는 추측만이 가능했다

아무래도 걸레를 다시 꺼내
나라도 몰래 들고 오는 게 낫지 않을까 생각하는데

창문으로 들어오는 거침없는 빛줄기가
감옥을 파고드는 그 빛만 같아서
흠칫 놀라고 말았다

한 사람이 남기는 것은, 오로라

당신 사라지고 당신 주변 사람들은
당신의 기물 앞에 앉아
당신의 비밀번호를 조합해나가기 시작합니다

노트북의 비밀번호를 찾는 사람들은
당신 생일부터 떠올립니다

휴대폰의 비밀번호를 도출해야 일이 되는 동료들은
당신의 배후를 관심 있어합니다

통장과 카드의 비밀번호를 더듬어보던 가족들은
당신이 했던 말들의 내력을 곱씹습니다

어쩌면 비밀번호가 숫자에 관련되지 않았을 거라 추측합니다

그렇다면 미래는 잠겨 있습니까, 라고 누군가 묻기도 합니다

한 사람이 사라지고 나자 막 잠기기 시작한 영혼을 맞추기 시작합니다
가위를 들고 몸체를 잘라나갑니다

비밀번호를 동그라미라든가 물고기 모양으로 만들지 않고
사람들은 독특한 방식으로 숫자를 대한 것이라고
어제로 통하는 통로를 그런 식으로 찾곤 했노라고
몇백 년 후에 누군가는 적을지도 모르겠습니다

자, 한 사람의 지도 조각들이 다 맞춰진다 치더라도
한 사람의 심연이 내뿜는 저 밤하늘의 마지막 전기를 만질 수 있을까요

서로

옥수수 수염 숫자만큼
옥수수 알갱이가 열린다는 사실

수염 없이는
알알이 옥수수가 맺히지 않는다는 사실

나에게 관 하나가 꽂힌 것이
저 별로 가라는 신호였듯이

하나 없이는
하나가 올 수 없다는 사실

사랑

점 하나를 잘 써야 하겠기에
인생의 어느 한군데에
점 하나를 찍어야 했으나
그 자리가 어디인지를 몰라
한동안 들고 있었다

점 하나를 제대로 쓰지 못한 죄로
큰 돌 하나를 들고 있으라 하여서
얼마나 들고 있어야 하는지를 몰라
오래 들고 있었다

내 삶을 누군가 대신 꺼내 쓰고 있다

내 삶을 누군가 대신 살아주는 것 같을 때가 있다
몇 초만큼도 안 되는 내 하루는 아무 쓸모가 없거나
사나흘에 한 번쯤은 비겁하기도 하니까

우연히 잡힌 라디오 전파와
그 전파를 다시는 잡지 못하는 날들
누구는 그 전파를 나 대신 사용하겠지

내가 감당하기 어려운
애쓰지 않아도 될 것 같은 질문 혹은 대답
누구는 그 질문과 대답으로 며칠을 살겠지

인생은 나 스스로 살아가는 사막과
누가 대신 살아주는 남극
그 둘의 배합으로 버무려진다
인류가 울음과 기후의 사용을 멈추지 않았듯이

한사코 불속으로 들어가
불속에서 뭔가를 꺼내들고 걸어나오는 사람은
내 삶을 대신 살아주느라 불을 덮는 사람이 아니겠는가

그러니 이토록 살고 있는 것은
누군가 내 삶을 대신 살아주고 있는 것 같아서다

그러지 않고는 이렇게 갸륵한 세상의 연료들을
어둠 속에서 빼내 또렷이 바라보며 가득해질 수는 없는
것이다

내 삶을 누군가 대신 살아주는 것 같을 때
세계의 절반은 나의 것일 리가 없다고
세계의 모두가 나의 것인지도 모르겠다고도
가만히 나는 생각한다

단추가 느슨해지다

인연이 느슨해져서
꽉 물고 안 놓을 것만 같던 인연이 헐거워져서

할 수 있는 일이 그것뿐이라서
밤길을 걷고 걸었다

집으로 돌아오기보다는
집을 나서야 하는 게 마땅하지 않을까 싶어

밤길을 걷다 돌고 돌아서도 걷다가
머리를 밀어볼까도 생각하였다

우리는 단추 같은 존재들이기도 할 것이어서

같은 단추들과 나란히 배열을 이루다가도
떨어져 온데간데없이 잃어버리고 마는
단추 같기도 할 것이어서

도무지 헐렁해져서 어느 날 다시 입을 수 없는
벗어놓은 바지 같을 것이다

우리의 어떤 일 같은 것들은 단추가 되어
매달리기도 하고

우리의 아무 일 같은 것이 단추가 되어
느슨히 떨어지기도 하는

그 극명한 절정의
전과 후가 만들어낸 길을 걷다가

그만 실을 밟고 실에 감겨 넘어지면서
밤길을 걸었다

오시는 마을

새로 지은 마을로 사람들이 이사를 합니다
마을 입구에는 이런 글귀가 붙어 있습니다

이 마을에서는 생각을 금지하지 않습니다

둥근 마을의 경계에는 화살나무를 둘러 심고
유성이 도착하도록 꽃밭을 파놓습니다
상자에 담아온 시간들은 천천히 씻겨도 좋을 것입니다

어느 저녁
마을에 들어온 사람들이 모두 모여
자기소개를 하기 시작합니다
분수대를 가운데 둔 듯 동그랗게 모여 앉았습니다

소개는 즉흥적이며 아무도 질문하지 않습니다

데인 자국을 이야기하는 사람
물에 휩쓸린 기억을 이야기하는 사람도 있습니다

두 바퀴의 소개가 돌았지만
자신의 깊숙한 곳까지를 소개하느라
생각의 면적을 줄이기 위해
계절을 하나로 통일시키자는 안건은 모두 잊은 듯합니다

함부로 내일은 오지 않을 것입니다
오늘은 무서워할 것들을 수군대지 않아도 되겠습니다

여전히 둥글게 좁혀 앉은 자리에 자루가 놓여 있습니다
사람들은 이제 자루를 뒤집어쓰고
오래 사랑할 것입니다
신이 그들을 따를 것입니다

소개의 순서가 다 끝났지만
처음 자기소개를 시작한 사람이 다시 자기소개를 시작합니다
계속해서 자기소개를 하느라 밤이 포개집니다

닮은 사람 하나가 어디 산다는 말이 있다

어서 오세요 오랜만에 오셨어요

혼자 어느 음식점에 갔다가 난데없는 인사를 받는다
나는 이 가게에 처음 온다
그냥 그러려니 넘어가는데 여행은 잘 다녀왔느냐 묻는다
아, 그냥 우연이겠지
인사와 안부 모두가 내가 속하는 집합의 순간들이겠지

한 번만 더 앞뒤가 맞아버리면
여기를 뛰쳐나갈 것이다, 라고 생각하는데
늘 드시는 걸로 드릴게요, 라고 한다
나는 수굿하게 그러라고 말한다
판이 어떻게 돌아가는지 집중해야 한다

그러나 나온 음식을 맛있게 먹는 바람에
모든 상황을 그대로 받아들이기로 한다

배우로 사는 것도 좋겠어
내가 나에게 좋은 배역을 주거나 하는 일
삶의 통역사로 사는 것도 나쁘지 않겠지
나의 나를 나에게 잘 설명해주거나 하는 일

나는 여기에 자주 올 것이다

그리고 나를 마주치기 위해
아주 다르게 하고 오기로 한다

2부

나무상자 하나를 구해야 한다

적당한 속도, 서행

미술관 그림 앞에서
두 발자국 뒤로 물러나서 보라는 경고를 들었다

그 밤
낮에 본 사선의 빛 그림자가 자꾸 떠올라
잠을 못 이루다가
잠을 못 이룬 것이
그 빛 그림자에 겹쳐진 누구 때문인 듯하여
가까운 약속을 미루었다

밖에 나가지 말라는 말을 들었다

모두 다 사람 때문이겠지만
사람이 아니라 단지 과잉 때문이었다

나도 당신에게 과잉했었다

사람은 사람을 사랑하면 안 되는 것이구나
따위의 생각을 하게 된 요즘이라면
해가 뜨더라도 바깥에 나가
사람 그림자를 밟거나
사람의 그림자가 몸에 닿으면 안 된다는
말을 들었다

이 기분의 힘으로라도 살아야겠다면
한없이 가벼워지라는 말을 들었다

자신을 만지라는 말이었다

숨

서로 가까이도 말며
말하지도 말라며
신은 인간에게 채찍 대신 마스크를 나눠주었다
사랑하지 말라는 의미였을까
입을 가만히 두라는 뜻이었을까

소리를 들리게 하지도 말며
소리를 내지도 말라며
사람들을 향해 사람들은 두번째 손가락을 세웠다

서로 얼굴을 비벼도 안 되고
국경은 넘으면 안 되고
잔재미들을 치워놓으라 했다

나눠 먹을 수 없으니 혼자 먹을 쌀을 씻었다
서로 떨어져 있으라는 신호에 재조립해야 하는 건 사람이었다

마스크 안에서는 동물의 냄새가 났다
어떤 신호 같은 것으로 체한 사람들이
집 바깥으로 나가기를 참아야 했던 시절

몇백 년에 한 번

사랑에 대해 생각하라고
신이 인간의 입을 막아왔다

계절이 사라진 그해에는 일제히 칠흑 속에 꽃이 피었다
공기에 공기를 섞어봤자 시절은 시들어갔다
사람들은 자신이 쓴 마스크를 태우면서 혀를 씻었다

마음의 손님들을 생각하다 손님들을 다 돌려보내고
창밖으로 펼쳐진
텅 빈 세기(世紀)의 뒷모습을 기록하려 애썼다
친구에게 부쳐도 도착할 수 있을지 모르는 국제엽서는 처음이었다

사람의 금

많은 청귤을 자르다가
손가락을 크게 베고 몇 바늘을 꿰맸다
나는 평생 살을 꿰맬 일 따위는 없을 것이라는 생각에
극단적으로 금이 갔다

한동안 붕대를 감고 사느라 시원하게 씻지를 못하고
손가락 형편이 나아져 목욕탕엘 갔는데
죄다 보이는 건 사람 몸에 난 흉터다

꿰맨 자리
어긋난 부위
몸 한쪽이 움푹 패여 절룩일 수밖에 없는 걸음걸이
그나마 무사한 사람은 그동안의 나였나 싶다

그러다 하반신에 의료용 테이프를 붙이고
목욕하러 들어서는 한 사람을 보았는데
목욕의자에 앉아 떼어내는 테이프 길이만도
족히 사 미터가 되는 걸 곁눈질해서 보았다

태풍에 담이 허물어지면 남의 집 담만 보이고
술에 되게 당한 어느 날 이후에는
술에 취해 길에 앉아 정신 놓은 사람만 보인다
자석 앞의 쇳가루처럼 당겨진다

꿰맨 손가락이 낫기만을 기다린 것처럼
매달리며 살 줄도 알아야 한다고 생각하면서

봉합으로 살을 이으려는 것이
쩍 하고 금이 가 벌어진 사람과 사람의 처지를
이어보려는 안간힘하고 뭐가 다르겠나 싶은 것이다

붙지 않는 것들을 참 착실하게도 가려놓고 살고 있다

끝

말 못하는 사람의
수어를 하면서 흘리는 안쪽의 급한 소리
자기도 모르고 내뱉지만
주변이 다 출렁 하고 젖는 소리

안간힘 같은
탄성 같은
유언을 말할 때나 내는 절박 같은

여느 사람들도 그런 소리를 내는데
꼭 깊은 잠을 잘 때 내는 소리

심장 가장 안쪽에서 내는 소리
손을 휘저으면서 내는 소리

아무것도 아닌 기둥에다 심정을 토하는 소리
말을 걸어서는 안 되는데 말을 섞는 소리

어쩌면 동물에 쫓길 때
항문을 조이느라 내는 소리
사람이 강판에 갈릴 때나 내는 소리

잘 지내고 있던 세 사람 중 한 사람이

두 사람을 안 만나기로 결심하고
등 돌려 걸을 때 안에서 터지는 소리

틀

치아가 이상해서 치과를 찾았더니
뭔가 참을 일이 많은 직업을 가졌냐고 묻는다

의사는 이에 실금이 많이 가 있다고 했다
왜 이렇게 윗니를 아랫니에 꽉 무느냐 했다

요즘 제가 참는 건 혀입니다, 라고 했더니
감정을 참느라 이가 성한 게 없다고 하였다

요즘 참는 건 돌아다니는 일이라고 내심 말을 바꾸려는데
어딜 좀 걸으면서라도 자기를 달래라고 하신다

잘 때도 이를 하도 꽉 물어서
어금니는 아예 닳았노라 했다

치아의 틀을 떠서 나에게 보이며
이에 쉼표라곤 없다고 설명했다

먹는 일 끝내고도
말하는 일 마치고도
쉬는 동안까지도 참아야 했다니

틀을 떠봤으니

제대로 참고해야겠는 일은

살아 있음을 참느라
생을 종잡을 수 없었던 일

셋이서 사는 게 좋겠다

셋이 좋겠다
닭 한 마리를 삶아 세 등분해서 나눠 먹는 일
그러다 양 한 마리를 기르기로 정하는 일

결혼이어도 좋고
결혼 따위가 아니어도 좋겠는 일
당근을 씻어 셋이서 갈라 먹는 일

그 어떤 성(性)의 조합도 중요하지 않은 세 사람이면서
식탁 위에 뜨거운 물과 차가운 불이 올려질 적마다
서로를 향하고 각자를 향한 각도를 의식하며

아기를 낳게 된다면
아기를 키우는 일을 마치 가슴에 귀를 대는 일처럼

정신의 군살이 늘어나는 계절에도
서로에게 삐그덕대지 않으며 섭섭하지 않게
셋이 살면 어떨까 싶다

너의 것과 너의 것이 아닌 것을
극명하게 나누는 일 따위도 그만두고

마주잡은 세 사람의 손으로 인해

동시에 세 사람에게 한 감정이 침투한 경우는
아직 세상에 없다는 가정으로 셋이서 살면 좋겠다

셋 중에 둘이 남겨지는 일은
좀더 안정적일 것이고
자전거를 타고 떠난 새벽의 뒷모습이
비극이 아닌 특별한 모습으로 자리할 것이며

각자 철저히 혼자가 되더라도
창틀과 벽 사이에서 흐느껴대는 깊은 밤의 복잡한 소리와
어느 날 그날에 서로의 내부로 잦아들던 빗소리를
나란히 따로 선명히 기억할 수 있는

셋이라면 좋겠다

경유지 방콕

어떤 건물 안이었다
내가 피하려는 것이 햇빛인지는 몰라도 그곳은 그늘이 있어 서늘했다
건물의 이층인가 삼층 계단이었다
서늘함과 잠시 친해지는가 싶었는데 창문 밖으로
한 육중한 사내가 한 손에는 막 뜯은 아이스크림 봉지를 들고는
아이스크림을 단숨에 먹어치우고 있었다
그가 아이스크림 막대를 놓자마자
길거리 기둥에 몸을 기댄 채 잠을 잤다

나도 까무룩히 잠이 들었다

그리고 내가 본 것은
밤 열두시가 넘어
운동복을 팔겠다고 길바닥 가득 옷을 널어놓던 사내가
난전 차리는 일을 마치자마자 졸기 시작한 것과

얼마 떨어지지 않은 곳에 휴대전화기를 놓칠 듯 말 듯 쥐고는
의자에 앉아 졸고 있는 경비원이었다

이번에는 사람들이 천막을 치고 음식을 해댔다

그러더니 끝도 없이 줄이 이어져 식사를 받아 가기 시작
했다
나는 어두운 골목 안에서 한없이 쏟아지는 졸음 때문에
라도
바깥 세계와 눈을 맞출 수는 없었다

그런데도 사람들은 여전히 저러고 있다

나가는 문이 열리지 않는 것으로 보아 누군가 나를 잠갔다
그때 눈에 들어온 것은 큰 식물이 자라는 화분 귀퉁이에
막 올라온 작은 싹이었다

난생처음 스친 도시의 모두를 담아 가고 싶었지만
여행가방은 공항에서 새 비행기에 옮겨지기를 기다리고
있을 거였다

노르웨이 가는 길에 경유지에 내려
어느 이름 모를 거리의 한 건물에서 끔벅거리던 나는
비로소 어떤 다른 삶을 살고 싶어졌다

나는 새로 만난 세계 앞에서 떠날 생각을 앓고 있다
한 마리 커다란 새가 날개를 접고 앉아 있다

옥탑방

천변 산책을 하는 길에
배낭 하나가 너른 바위 위에 올려져 있는 걸 보았다
무심히 지나쳐 그 길을 되돌아오는데
여전히 배낭은 그 자리에 있었다

배낭 옆에 앉아 배낭을 지켜주기로 마음을 먹었으나
한참이 지나도 오지 않으니
나는 그 배낭을 열어보게 되었다

배낭을 열고 나는 소스라치게 놀라고 말았다
그 안에 아무것도 없어서였다
나는 내 것인 양 배낭을 메고 집으로 돌아왔다

산책을 나갔다 배낭 하나 주워 돌아오는 길
열쇠로 문을 여는데
잠그지도 않았던 아래쪽 잠금쇠가 걸려 있다
열쇠 하나로 아랫문을 여는데
이번엔 방금 돌려 열어놓았던 윗문이 스르르 잠긴다

안에 누가 있다
혼자 사는 집에 누가 들어와 있다

마침내 문을 열고 들어가려다 나는

소스라치게 놀라고 말았다
신발 벗는 자리에 부엌칼이 놓여 있어서였다

안에서 집주인이 돌아온 것을 알자
집주인의 칼을 잡은 것은 도둑이었다
옥탑방 뒤쪽 창문이 열려 있었고
도둑은 도망쳐 사라진 뒤였다

전생에 나는 무사였거나
고래 해체사였을지도 모른다고 믿어왔는데
그리하여 이번 생에서 칼을 다루는 솜씨가
인생의 방향을 간단하게 해줄 거라 믿었었는데

도둑이 잡았다 놓은 칼과 눈을 마주치지 않으려
배낭에 칼을 숨겨넣는 손이 참 많이도 후들거렸다

글씨들

높은 데서 아래를 내려다보는데
흰 눈이 쌓여 있었지
첫눈이었지

공원에 쌓인 흰 눈 위를 한 사람이 걷고 있었지
벌써 저 많은 발자국들
한 사람이 낸 수백 개의 자국이 어지럽지만
아름다운 무늬를 만들고 있었지
내 인생의 발자국은
어디에 어느 만큼 제일로 쌓일 것이고
누구 앞에 멈춰 설 것인지

중국에는 물로 글씨를 쓰는 사람들이 있지
큰 붓에 물을 적셔 공원 바닥에 글씨를 쓰고
햇볕에 마르면 다시 쓰고 다시 쓰고

시간을 배려하기에는 그만한 것이 없지

어디에도 글씨 쓰는 사람들은 있지
일을 하다 철판 위에 못으로도 쓰고
창문에 서린 물기에다 쓰기도 하고
그 한 줄이 하루를 받치지

눈도 내리면서 하루를 걸지
흔적을 남길 것인지
무엇이라도 가려주다 녹을 것인지

눈이 쌓이면서 쓰는 글씨들
읽자마자 지워지는 글씨들

눈이 왔는데 아무 소식 없었다고 하지 말기를
글씨를 써놓고 아무것도 원하지 않는다 말하지 말기를

칠 일

칠 일만 사랑하겠다

육 일이 되는 날 사랑을 끝내고
뒷일도 균열도 없이 까무룩 잊고만 싶다

완전히 산산이 사랑하겠다
문드러져 뼈마디만 남기고 소멸하겠다
칠 일이 되는 날
꽃나무 가지 하나 꺾어 두 눈을 찌르고 눈이 멀겠다
까맣게 먹먹하겠다

헤아릴 무엇도 남기지 않도록 지문을 없애겠다
눈이 맵도록 이불까지 유리잔까지 불사를 것이며
칠 일 동안의 정확한 감정은 절벽에 안겨 떨어지리라

칠 일이 지난 새벽부터 폭우 내리고
그 홍수 닿는 곳에서 숲이 시작된다
그리고 어떤 자격으로 첫번째 해가 뜬다
사라질 것들을 다시 시작을 한다고 해서
다시 그 사람을 가질 수 있는 것은 아니다

꽃비

작은 새가 와서
벚나무에 앉더니

벚꽃을 하나씩 따서
뚝뚝 아래로 떨어뜨리네

새가 목을 틀어가며
꽃들을 따서 떨어뜨리고

눈물 떨어지는 속도로
뚝뚝 떨어뜨리는 것은

그 나무 밑에 사랑을 잃은
누가 하염없이 앉아 있어서겠지

쓸쓸한 날에는 바람만 불어라

두 마리의 새를 묶어서 날린다

각각 한 마리 한 마리의 발목에 하나의 끈을 묶어서 날린다

그 두 마리 새가 같은 방향으로 날아가면 슬픔이겠다

각각의 새가 따로의 방향으로 날아가면 그래도 슬픔이겠다

이번엔 바람을 자른다

칼로 정확히 반으로 잘라내 둘이 서로 닿지 않게 한다

이제 바람이 부는 쪽은 각자의 몫으로 남아 있다

달리게 하려는 의도는 없었으나 바람은 어디로도 가지 않으며 이제는 도로 붙일 수도 없다

요 며칠 이토록 미어지게 쓸쓸한 것은

묶인 새 두 마리가 앉을 곳을 찾다 내 양쪽 어깨에 앉아 있거나

비집고서라도 바람이 가닿을 곳이 없기 때문이란 걸 의심하지 않을 수 없겠다

쓸쓸한 날에는 바람만 불어라

바닷가에서

난로 하나 보내준다던 사람
한 번도 본 적은 없는
배를 타고 물고기를 잡는다는 사람이라 했는데

추위는 점점 닥쳐오는데
어떤 날은 추자도에 있다 하고
어떤 날은 아주 먼 바다에 있다 하고
어떤 날은 깜빡 잊고 내가 지내는 항구 앞을 지나쳤다고
한다

괜히 말을 꺼내 오래 기다리게 했노라며
잡은 물고기를 덤으로 보내주겠다고도 한다
나는 그것들을 한사코 받겠다고 나서서라도
그 사람을 봐야겠는데 항상 배를 타고 있다고만 했다

사람들이 북적대는 항구에서
수족관에 들어 있는 방어 두 마리의 꼬리를
누군가 굵은 고무줄로 묶어놓은 걸 보았다

큰 물고기가 안간힘을 쓰면 그 힘이 엄청나서였을까
아니면 묶는 것이 하나의 단위여서 그랬을까

사람도 둘을 하나로 묶어놓으면 떼어낼 수 없는가

그러면 천국과 지옥의 몫은 이분의 일로 양분될 수 있는가

며칠째 난로를 주겠다던 약속으로 묶인 그 사람은
과연 오늘도 그 배를 타기는 했을까

영원히 잊어버릴 수도 있는
약속에 대해 생각한다
바닷가에서

파도에 쓸려왔을 빈병을 주워
병 입구에다 괜히 손가락을 끼워보았다
바닷가에서

한 장의 사람

나는 1900년생이다

몇 년을 살아온 것인지는 모르겠으나
많은 이불을 끌어다 덮었다
나만 이불을 덮느라 누구를 덮어주지 못했다

고양이를 빌려 몇 년을 산 적이 있다
신의 자잘한 부름도 몇 번 받았으나
계시는 거부하였다

태어날 적에 나는 나무 위에 걸려 있었다
작은 창문을 가지고 살았으며
집을 옮기면서는 더 큰 창문이 있는 집을 택하였다

몇 번 국적이 바뀔 뻔하였으나
가죽 깃발처럼 한없이 나부끼면서
느리고 천천히 지나가야지 했다
단 한 번 만났을 뿐인 사람의 목소리를 기억하면서
유혹을 관통했다

인생이 앞으로 밀고 나가는 기분이 들지 않은 시절에는
심장을 꺼내 마음 가운데 앉혔다
그 사실을 감추지 않았는데 아무도 들여다보지 않았다

종이를 태워 누군가를 저주했다
그 사람은 곧 내 시간 앞에서 사라졌다
그때부터 나는 그림자를 하나 더 내 발치에 붙이고 살았다

나는 1900년생이고 나는 계속해서 살아간다
살아 있는 것이 중요한 것이 아니라
살아 있다는 것을
단 일 초도 느끼지 않은 적이 없다는 사실을
살아 춤추게 하고만 싶다

그러고 보니 더러는 지평선과 산맥을 돌보는 일을 하였다
최고의 목적이라면 신세계를 보는 일이겠지만
아직은 그때가 오지 않은 것

이제 얼마를 살더라도 당분간의 십 년 동안은
돌에다 비밀만을 새길 것이다
맨손으로 꾹꾹 눌러 선명히 새길 것이다

그러고는 나무상자 하나를 구해야 한다

다시 태어나면

1

아, 전철 타는 곳에서
한눈에 봐도 허술해 보이는
나이가 어느 정도인지 분간은 안 가지만
꼭 아이라고 불러야 할 것 같은 아이

가방을 열어 물병을 꺼낸 것까진 좋은데
보통은 비닐을 벗겨낸 소시지를
사람들 앉는 의자에 올려놓지는 않는단다

물병을 딸 때는 보통 그 반대로 돌려야 하는 거지,
그쪽으로는 안 열려서 애써 이빨까지 동원하고 있구나

아, 전철이 도착하면 보통은 모두들 타건만
너는 어디를 가려고 문이 닫히도록 타지를 않는 거냐

전철을 타고서도 아이 생각을 하다가 한강을 넘는데
유리창에 비치는 내 얼굴

2

다시 태어난다면
어떤 사람으로 태어나고 싶으냐고 물었네

청년은 대답했네

지금의 나로 태어나겠어요
나는 지금의 내가 꽤 좋거든요

여파가 흐트러졌네
거짓말 같아서 죽지 않겠다는 말로 들렸네

나도 그랬던 적이 없지는 않았으나
많이 써먹어서 너덜너덜해진 거짓말의 거짓말이나 늘어놓았으니
다시 나로 태어나겠다고 할 수는 없을 것이네

내 피의 색깔을 흑백의 것으로 고를 수 없을 것이기에
내 피를 썰물 빠지듯이 내보낼 수도 없을 것이기에

상해식당

중국식당 주방에는 의자가 없었지
누구도 앉지를 않았으니까
그래도 가만히 앉아 있을 수 있는 곳은
유일하게도 밀가루 포대

나는 만두를 빚는 시간을 제일 좋아했지
시간을 뚝뚝 잘라 밀대로 밀고
시간을 푹푹 퍼서 손바닥만한 세계에 담는 시간

주방에서 막일을 하는 나였는데
내가 떠나야 할 날에는
당신이 나에게 자꾸 뭐라 그랬지
난 그 말을 알아들을 수 없어 한자로 써달라고 했는데

당신이 작업대 위에
하얗게 밀가루를 뿌리고는 이렇게 썼지

가지 마요,
안 가면 안 되나요

눈빛을 교환하면 안 될 것 같아
그 시간의 반죽을 툭 잘라버리고 싶은데

어딘가에 좀 앉아야겠는데
그러지 않으면 힘 풀려 터져버린 세계가
와르르 쏟아져버릴 것 같은데

상해 중국식당 주방에는 정말이지 의자가 없었지

눈이 부셔라

아주 어렸을 적 누군가 나를
어느 비탈 아래로 밀었다는 사실 눈이 부셔라
나는 그후로 자주 번쩍하는 것들 앞에 무릎을 꿇었으며
그 힘으로 살게 되었다

만약에 나 다시 태어나면 이십대만 사용하리
슬쩍 열여덟 열아홉의 몇몇 저녁도 끼워넣으리
숨이 막힐 것이나 그 가쁜 숨은 살려고 그러는 것일 터
몸이 부풀다못해 떠오르겠으나
그러지 않으면 어느 혁명에든 익숙지 않으리
만약 나 다시 태어나더라도 이십대만 받아들이리
그 진창가를 거닐다가 미끄러져 넘어지더라도 뇌진탕의 충격을 받아들이리

"열두시 넘어서는 왼쪽 창문 쪽으로 계속 햇빛이 들어올 예정입니다."
어디 가는 길에 마이크를 통해 듣는 고속버스 기사의 상냥한 음성
나는 이런 것에 눈이 부신다

"거북이 혼자 두면 죽을 것 같아서 프라하 여행 갈 때 코트 주머니에 넣어 데리고 갔었어."
나갈 때는 괜찮았는데 돌아올 때는 엑스레이에 걸려 돌이

라 대답했다는데,

“밤사이 눈사람이 신발을 신고 걸어다녔나봐.”
첫눈 내리던 날에
마당에 찍힌 내 발자국을 보고 당신이 내게 했던 말

저 말들이 퍼지는 순간이 있었기에
그 모두에게 빛이 닿게 되었다는 사실
눈이 부셔라

3부

당신은 나에게 아무것도 아니리라

빈집 식물에 물 주는 사람

손님 예약이 다 차지 않는 날에는
빈방을 돌며 잠을 잤다
내 관리 목록에는 다섯 채의 집과 여덟 개의 오피스텔이 있다
깨끗한 침대를 어지럽히기 싫은 날은 침대 아래에서 잤고
청소가 다음날로 미뤄진 집에서는
침대 위에 그대로 누워 잤다

이래도 되는 삶은 있다
사람들이 남기거나 버려두고 간 음식들을 먹었고
잊고 간 옷들과 입고 버리고 간 수치들을 빨아 입었다

오 일에 한 번 집들을 돌며 나무 화분에 물을 주는 날에는
열매가 열리기를 바랐다
침대에 누워 다른 사람이 벗어둔 냄새들 때문에
잠들 수 없는 날도 있었다
잠을 자는 것이 아니라 삶에 갇혀 지냈다

그날도 누군가 주방에 남겨둔 달걀을 삶았다
비밀이 괜찮은 것인지 보려고
속으로부터 익어가는 것들을 갈라봤다

빈집 식물에 물 주러 갔다가

그곳에서 지내는 횟수를 늘릴 때마다 꿈을 꾸었다

빈집인 줄 알고 문을 벌컥 열 때마다
사람이 들어 있는 꿈이었다

형은

형은 그린란드로 갔다
무엇이 되기 위해서이기도 했으며
자신에게 잘못된 것을 어쩌기 위해서이기도 했으니
남들이 여행하는 방식과 다르지 않았다

형은
그린란드 여행중에 총이 필요할지도 모른다는 말을 들었으나
가방에 든 오래된 카메라가 있었으니 그걸로 됐다고 생각했다

형은 그린란드에 가기 위해 두 군데를 들러야 했다
갈 수 없는 곳에 가고 있다는 기분은
가는 동안의 시간에 제대로 섞일 수 없는 것으로 충분했다

그린란드 요리로 순록을 먹은 그다음날이었다
빙하로 덮인 곳에서 흰곰을 발견했다
흰곰이 먼저 형을 발견하고 접근한 건지도 몰랐다

형은 곰을 사진 찍었다

여러 장의 사진을 찍는 동안
곰이 형의 주변을 동그랗게 그것도 여러 번 돌았다

그때마다 형이 할 수 있는 일은 긴장하기와 그럼에도 불구하고 사진 찍기

처음엔 흰 빙하뿐이어서 거리감을 느낄 수 없었으나
곰이 그리는 동그라미의 반경이 조금씩 조금씩 조여드는 게 느껴졌다

그리고 다음날이 되었다
누가 형에게 어제 그곳에 가지 않았느냐고 물었다
어제 마주친 그 곰이 먹을 것이 없어 굶어죽었고
새벽에는 그걸 처리하고 왔다며
그 곰털 가죽을 사지 않겠냐고도 물었다

왜 곰은 성큼 달려들어
형을 누르고 팔을 휘두르지 않았을까

형이 그 사실을 듣게 된 그날은 밤새
창백한 햇빛을 받으며 초록색 비가 내렸다고 했다

어느 날부터 형은 전화가 되지 않았다
형의 카메라 안에는 곰 사진이 여러 장 있을 거였다

새

고가 밑 도롯가에 남는 공간이 있는데
그곳에 자꾸 뭔가를 방치하거나 버리려는 사람들이 있어
시(市)에서는 철조망을 설치해 그곳을 막아 가렸다

철조망의 높이는 사 미터가량
철조망 안의 공간은 텅 비어 놀고 있었다
철조망을 어떻게 넘었는지 한 사내가 그 안으로 들어갔다
그 안에서 잤으며 그러다 앙상해졌으며
간혹 그것을 보다못한 지나는 사람들이
철조망 그물에 음식을 끼워넣어주곤 하면서부터는 그것으로 연명했다
어느덧 그는 감추려 해도 감출 것이 없어졌다

그 안에는 작은 나무 한 그루가 자라나기 시작했다
나무 주변으로 눌어붙었던 그의 배설물들이 비를 맞았다
이제는 그에게 옷을 가져다주는 사람도 있었다
고무호스를 연결해 그가 물을 사용하게 해야 하는 게 아니냐는 사람도 나왔다

시는 그에게 전쟁의 냄새가 난다면서 그를 꺼내 처분하기로 했다
한두 사람은 그를 꺼내면 안 된다고 철조망 주위로 모여 시위하기 시작했다

나무가 조금 더 자라는 사이, 더 많은 사람들이 철조망 주변으로 모여들었다

햇빛이 시큰거려 눈을 뜬 사내는 운집해 있는 사람들을 향해 미소 지었다

그가 무슨 말을 하려 할 때마다 무슨 말인지도 모르면서 사람들은 환호했다

어기적어기적 몸짓을 하면서 양팔을 쳐든 것은 사내였다

그때 사람들 무리 속에서 자신을 향해 새총을 겨누고 있는 소년과 눈이 마주쳤다

사실 사내가 눈을 맞춘 것은 세상 쪽이 아니라 하늘이었다

나의 장례식에 가서

싸늘한 표정 없이 최대한 웃으려고 마음을 먹으며
나는 내 장례식장에 가서 식사를 하고 있었다

테이블보 위에 머리카락이 보여 쓰다듬듯 떼어내려는데
반투명의 비닐 테이블보 밑에 겹쳐서 깔아놓은
다른 테이블보에 들어 있는 머리카락,
차려진 음식 접시들을 이동시키고
테이블보를 살짝 들어 걷어내자니
하필 머리카락이 상 정중앙에 있다

음식이 담긴 접시들을 다 내린 다음
테이블보를 벗겨낼 수도 없고
접시로 그것을 가려놓자니
다음 자리를 생각하면 치워야 할 것 같고

돌에 돌이 박혀 있는 형국이다

내가 자리를 떠난 뒤 누군가는 아무렇지 않을지도 모른다
그러나 나는 괜찮지 않은 그것

나는 나에게 문상 가서
남의 머리카락만 바라보고 앉아 있다

나는 살아 있을 때
검은색 위에 붙은 검은 머리카락을 잘 보는 사람이었던가
나는 살아서
흰색 옷 위에 튀어나온 흰 실만 잘 보는 사람이었던가

중요한 거였다면 영혼이 알아서 물고 가는 법일 텐데
나는 이 머리카락을 꺼내지 못하고 있다

나에게 문상 가서 나의 끝은 어떤 모습일지 보려 하였다

바람이 가벼이 불어올 무렵이었다

가을날

이사를 한다
나도 모르는 이사를 하고
싼 적 없는 이삿짐을 푼다

언제부턴가 그리 되었다

마음에서 마음으로의 이사
명치께에서 명치 끝으로의 이사
생각에서 생각으로의 이사
이상하게 그때는 항상 가을이었다

그 가을이었다
낯선 곳에다 짐을 내려놓고는
잠깐 자려고 눈을 붙였다가 떴는데
창문 바깥 해바라기가 나를 내려다보고 있어서 놀랐다

벌써 저녁이 넘어가고 있었다
우연히 마주친 것이 아니라
정말로 해바라기가 잠든 나를 불쌍하다는 듯
내려다보고 있었다

나는 내가 뭔가 잘못하고 있거나
잘못되어가고 있음을 찾기 위해 일어나 앉아서는

조금 걸어야 한다고 마음으로만 생각했다

해는 없고 해바라기만 떠 있었다
마음에 파고들어와 아프게 드나드는 그 감정이 하도 쓰르르해서
나는 나를 건드려 발기시켰다

여행

나에게 찌르르 전기를 주는 것은 무엇인가
이른 아침 수건 위에 내려앉은
빛이 유리를 엇각으로 통과하면서 낸
저런 오색의 빛 같은 것
불에 데거나 탄 자국 같은 것

그것을 보고 무지개라 하지 않고
누가 다녀갔나 하고 생각하는 것

우리는 어찌어찌 무엇이라도 하겠다고 태어난 게 아니라
좋아하는 자리를 골라
그 자리에 잠시 다녀가는 것

그러니 그 자리에 좋은 사람 데려가기를
이번 생에서는 그리 애쓰지 말기를

다만 다음 생에
다시 찾아오고 싶을 때를 대비해
꾹꾹 눌러 그 자리를 새기고 돌아가기를

눈물이 핑 도는 아주 조용한 박자

아침 일곱시 십사분을 가리키는 시계를 보는데, 라디오 진행자가 막 그 시간을 알려줄 때
강가에서의 내 기억과 당신이 기억하는 장면이 일치할 때
떠나고 싶은 날과 헤어지고 싶은 날이 같을 때
오 분 동안 한 사람의 전부를 안다는 게 가능해, 라고 내가 물었을 때
아침에 일어나면서 머리로 떠올린 단어 하나를 막 펼쳐든 신문에서 마주칠 때
담장의 꽃나무를 만져보려 손을 뻗는데 가로막으며 당신이 나타날 때
소나기 내리는 소리와 저 먼 곳에서 눈이 온다는 소식이 겹칠 때
영 세상에 자신이 없을 때와 그래도 연필로 선을 그어서라도 연결하고 싶을 때
원고지에 조용히 손가락을 베는 순간과 눈을 감고 있던 당신이 눈 뜨는 순간이 같을 때

당신을 보려는데 당신이 보이지 않을 때

풀리다

산에 올랐다가 내려오는 길이었다

산사에 불공드리러 온 듯한 할머니
내려가는 길이 위태롭다
하여 나란히 보폭을 맞춘다

할머니가 쉬면 나도 쉬고
나무도 쉰다

할머니가 내리막길을 내려가면
나도 내리막길을 뒤따라 내려가고
계곡물도 내려간다

잠시 바위에 걸터앉아 쉬던 할머니가
갑자기 나에게 사진을 찍어달라고 한다
아무 말 없던 분이, 첫마디가 그랬다

나는 무엇으로 찍어드려야 하나 망설이다
휴대전화를 달라고 말하지만
그런 거 없다고 하신다
옷매무새를 만진 할머니는 자세를 정하고
나는 휴대전화로 사진을 찍는다

사진, 어떻게 전달해드릴까요
아드님 전화번호 알려주시면 그리로 보내드릴까요

찍었으면.

됐다.

무릎뼈를 저 위에 두고 왔던가
그 소리에 나는 그만 엉켜 있던 체기가
풀린다, 풀린다, 풀린다

시(詩)칼

칼가게에서 칼을 골랐는데 이름을 새겨줄 수도 있다고 한다

시(詩)라고 새겼다

시를 베겠다고 칼을 산 건 아니었는데
끊어버릴 게 있어서 산 것도 아니었는데
며칠 동안 자연스레 물리치는 것들이 있었다

이 칼날과도 같은 시 한 편 남기고 가리라며
손잡이에 힘을 꽉 쥐어 잡은 김에
나는 살짝 목에다 칼날을 대보았다

원래 시는 칼이었을까

이 칼을 품고 꽃도 꺾고 산에도 오르리라
눈이 멀게 되더라도
뼈만 남게 되더라도
이 칼에 매달려 힘을 분배해 야채와 고기를 자르고
모두를 자르리라

아주 시시한 어느 날에는 시에게 한 칼을 먹이고
나 대신 이 칼을 던져 착지하게 하리

내가 날린 이 칼이 꽂히는 곳에 광맥이라도 터지게 하리

자유의 언덕

당신은 나에게 아무것도 아니리라
그러므로 나는
아무것으로도 이름 부르지 않으리라는 약속을
당신에게 해야겠다

내가 당신을 불러야 할 호칭은
이제껏 무엇으로도 중요하지 않은 것 때문이겠지만

형이라 부르면 좋겠으나 형이라 부르지 않겠다
누나라 불러도 아버지라 불러도 무방하겠으나
어머니라 부르지도 않겠다
선생이라 불러 식음(食飮)하는 일의 준비를 한다 해도 좋고
당신 앞의 쓸 만한 꽃이 되어도 좋겠다 싶지만
그렇게도 않겠다

사막에 혼자 갔을 때 봤듯이
그곳의 사라진 돌 바위들과
그곳에서 사라진 거대한 무덤들과
그리고 이미 그전에 사라져버린 왕조까지도
모두 모래가 되었다

사랑을 앞세워

무엇도 이름하지 않으리라

지금들, 그리고 여러 많은 광채들
그뿐

무엇이더라도 필요치 않으니
당신은 그대로 가만있으라

문장

책을 펼치는데 작은 벌레가 기어다니고 있었다

손가락으로 눌러 죽였다

검은 글자 사이에서 검은 글자가 되었다

집

새는 집을 짓겠다고 결정한 다음
마른 가지 하나를 물고 와 나무 위를 돌고 돌면서
마지막까지 주저하고 확인한다
정말 여기 집을 지어도 되는 것인가를
자신의 나머지를 맡겨도 될 공중의 한 뼘인가를

하지만 왜 꼭 그래야만 하는지
새는 이유를 알 수 없다
가늠할 수 있다면 그 새를 아주 오래 지켜보던
나쯤 되는 사내일 것이다

척추동물 가운데 가장 오래 사는
그린란드상어의 눈에 붙어 터를 잡고 사는 수중벌레는
상어 눈동자의 조직을 빨아먹으면서 평생을 산다
그래서 그린란드상어들 거의가 시력을 잃게 되면서부터는
심해에서 춥고 어둡게 살아간다

벌레가 오백 년도 넘게 산다는
그린란드상어의 눈을 빌린 것은
오백 년을 같이 살겠다고 그랬던 것은 아닐 텐데
상어는 벌레가 죽고 나서도 아무데도 가지 못한다

어떤 나이에 대한 걱정

원하지 않는 일에도 운율은 있다

색깔을 구분할 수 없는 병에 걸린다면
노란색을 아무 색으로도 알지 못하고
당신이 좋아하는 색이 파란색임을 구분하지 못한다면

아픔에도 아름다움은 있다

그리하여 그렇게 눈을 감아도
당신이 내 눈 속에 살지 못한다면

당신이 돌아다니지 못한다면

어느 낯선 골목 안쪽 햇빛 아래에
쌓인 눈이 녹고 있다면
그런데도 많은 부분이 더 녹아야 한다면

눈의 주인이 애타게 눈을 기다리던 당신이라면

삶의 구석구석까지를 돌보는 일도 고단할 터인데
당신이 눈까지 만들어야 한다면

눈을 편애하는 당신에게도 수고와 미안은 있다

구불구불한 길이 좋은 당신
감정과 열정이 희미해진 당신

너무 바싹 말라 있거나 독이 올라 있는 몸 상태를 돌보느라
당신 사정이 더 참담해진다면

당신이 누웠던 자리를 정리하다가 비늘을 보았다
잔잔히 당신이 떠날 수 있다는 가정에도 운율은 있다

의문

유리창을 없애려면 어디에 쳐야 하나
무엇에 부딪쳐서 창을 깰까
기다리고 기다리다 당신이 저멀리 나타나면
손 흔들어야 하나
등 돌려야 하나

배웅과 마중 가운데 무엇을 할까
당신이 오는 일이라면
당신이 떠나는 일이라면
이 삶을 열고 닫는 일
무엇이 나을까

갈급에게

그 산에는 절벽이 있다
그 절벽 끝에 사원이 있다
사원 안에는 기도실이 하나

그 안에서는 절대 자기 자신을 위해 기도해서는 안 된다
그 안에서는 절대 자신을 들여다보거나 갈구해서도 안 된다
나를 위해서가 아닌
나를 제외한 기도만을 허락한다고 어둠이 안내한다

그것이 막막하여
숨을 쉬는 것조차
당신을 떠올리는 것조차
얼마나 힘든 일인지를 알게 해주는 절벽 끝 방에서

촛불을 켰다
세상이 칠흑같이 어두워졌다

4부

좋은 일을 가져다주는 종이

달에 갈 때는 인생을 데리고 가지 말자

한 우주비행사는 달에 갈 때
휴대할 수 있는 개인물품 자격으로
〈신세계 교향곡〉이 담긴 음악테이프를 가져갔다

왜 〈신세계 교향곡〉이었을까
우주비행사는 자신이 한 행동이었음에도
그것이 두고두고 궁금하였다

왜 재생기도 없는데 테이프였으며
그 제목은 신세계였을까

단 한 번도 결투에서 진 적이 없던 한 무사는
하루종일 치러진 결투에서 최후의 칼을 휘두르다
나뭇가지 끝에 옷소매가 슬쩍 걸려 박자를 놓는 사이
상대의 칼에 찔렸다

무사가 줄곧 생각한 거라곤
자신을 흐트러뜨린 옷소매뿐이었다
왜 허리에 칼이 스쳐 큰 칼자국이 생겨났음에도
상대의 칼끝이 아닌 옷소매만을 생각했을까

생각해도 우리는 모른다

계속해서 끊임없이 전생까지 탈탈 털어
생각을 생물 대하듯 생각하면서 살아간다

나는 오후에 귤을 까면서
하염없이 귤껍질에 대해 생각하느라
귤의 맛이 어땠는지 기억나지 않는다
하긴 아는 맛 따위를 뭐하러 생각하겠는가

옷을 걸어두라고 벽에 쳐둔 못을 생각한다
우리는 알지 못하겠는 것들을 그 못에 걸기도 하겠지만

뭐라도 알겠다고 온갖 열기를 쓰다가도
못에 걸린 그것을 그대로 두고
보이지 않는 안간힘의 상태를 더이상은 궁금해하지 않기로 한다

이제 달로 떠나야 할 채비를 마쳤으므로

애인

봉투 하나가 배달되었고
나는 감염되었다

몇 번쯤 봉투가 배달되었을까

봉투를 여는 순간
한 세계가 끝이 나고
한 세계가 닫히는 걸 알았다

상상한 대로 봉투 안에는 열쇠가 들어 있었다
커피를 마실 수 있는 곳이라고 그 사람이 안내했고
그곳에서 지내며 내가 지녀야 할 태도에 대해 알려주었다
열쇠가 이것 하나냐고 내가 물었다

그 사람은 어디 갔을까
나와는 상관없던 사람
한철의 주인이었다

요란하게 한숨은 쉬지만 걸을 때 소리가 나지 않던 사람
길게 자란 머리를 잘라도 되냐고 물었던 사람은
인생의 어디쯤을 떠나고 있을까
어디쯤에서 맨발이 되어 발소리를 죽이고 있을까

올해의 일월 일일로 돌아가자고 했다
몇 달 전하고도 비슷한 계절이 지속되었건만
그래도 그 사람은 같이 돌아가자 했다

못 알아듣는 척했던 그 말과 거래할 때마다
나는 깊이 가라앉았다
차라리 그 말은 이전으로 돌아갈 수 없다는 말이었을까

흘깃 보기만 했는데도
그 사람의 안주머니에 빈 봉투가 많았던 것이 자꾸 생각났다

그 사람에 관한 모든 것이 그렇듯
나와는 상관없는 사람
주인은 어디 갔을까

미용사가 자른 것

어느 미용사가요
할머니 머리를 자른 다음 머리를 감겨드리려는데요
구부정한 허리가 영 뒤로 눕혀지질 않아
잠시 중단하고 커튼 뒤로 가서 엄청 울었다는 이야기입니다

그 미용사가요
한 소년의 머리를 자르는데
통 못 들어서 아예 말을 시키지 말아야지 했다가
오른쪽 귀에 아주 가까이 대고 말을 하니
그나마 알아듣더래요
그래서 왼쪽 머리를 자르다가도 할말이 있을 땐
돌아서 오른쪽으로 가야 했다는 이야기예요

그 미용사에게 머리를 자르는 중년의 사내도 있는데요
늘 개 한 마리를 데리고 오는데
머리 감길 때 작은 수건으로 사내의 눈을 가리면 개가 그렇게 울어요
얼굴을 가리고
혼자 우는 사내의 모습을 본 이후로 개가 그렇대요

사내는 개를 기르고 난 후에 단 한 번도 먼 여행을 못 갔어요

개가 죽자 사내는 텐트도 사고 코펠도 사뒀는데
지금껏 아무데도 못 간다는 이야기예요

미용사는 사람들의 아름다운 절정에 관여하면서 사는 줄 알았으나
의외로 애인들이나 만들고 있었대요

미용사는 미용실 문을 안으로 잠가 걸어놓을 거래요
그게 누가 됐건 한 사람 머리카락에 손을 대고 나면
그 사람에게 취하고 말았던 이유를
곰곰 생각하게 될 거란 이야기입니다

한 번도 제대로 그래본 적 없는
거울 안으로 성큼 들어가
벼랑 너머 바다를 내려다볼 거란 이야기입니다

제주 바다 문어

기다란 철사를 두 겹으로 여러 번 휘어 구붓구붓 구부린다
몇 겹의 가파른 고갯길 모양처럼 말이다
생돼지고기를 철사 안쪽에 끼우고
철사의 안쪽 끝을 바위에 정히 고정시킨다
깃발이나 대포처럼 의젓하고 양양하도록

제주 바닷가에서 문어(文魚)의 문장(文章)을 잡는 법이다
소풍을 나온 문어는 돼지고기를 먹기 위해
철사 끝 뾰족한 부분부터 먹어들어간다
고기를 한껏 입에 넣은 뒤에는 몸을 돌이킬 수 없으니
철사까지 온몸 한가득 채운 채 다음 국면을 기다려야 한다

기다려야 한다는 말이나
돌이킬 수 없다는 말이나 매한가지이기도 하거니와
철썩철썩 파도가 등짝을 쳐대도 돌아볼 수 없으며
뒤꿈치를 들고서라도 정면으로 들어갈 수 없으니

뱃속에 넣은 것은 혼돈의 철사 다발
몸의 색을 아무리 바꾼다 해도
그 마지막을 다 적을 수는 없어서

먹물을 철철 흘려 마지막으로 쓰더라도
한 번도 단단해보지 못한 삶으로는

단단한 문장을 완성하지는 못해서

물컹해진 스스로를 휘감은 여덟 개 붓은 서서히
가만히 이번 생의 힘을 뺀다

잘 쓴 글씨

단 며칠을 살려고 빌린 이 집으로
전화가 걸려왔다
전화기가 있는지도 몰랐던 나는
처음에는 그 소리가 어디서 나는지 몰랐다

누가 버스에서 주운 메모 한 장을 보고
중요한 메모인가 싶어 전화를 걸었단다
종이에 여기 번호가 적혀 있노라고 했다
내용이 뭐냐고 물으니
어느 나라 말로 쓴 것인지 몰라서 자기도 읽을 수 없노라고 했다
대체 이 사람은 왜 전화를 걸었을까
그냥 끊을까 하는데 이 종이를 버릴 수 없겠다고 말한다
너무 정성스럽게 손글씨로 썼기 때문이라고 했다

나도 이곳을 숙소로 잠시 쓰는 사람이라
어떻게 응대해야 하나 하다가
그것을 가까운 어디에 예를 들어 벽이나 나무 같은 곳에 붙여두라고 했다

알 수 없는 나라 말로 적은
아주 정성스러운 글씨라니
그래서 버릴 수가 없다니

내가 받으러 나갈 수도 있지만 받아서 뭘 하겠나 싶어
그냥 그 글씨를 사람들도 보게끔
정성스럽게 붙여두라고만 말했다

전화를 끊은 지 얼마 되지 않아 전화벨이 울렸다
늦은 밤에도 몇 번이고 울렸는데

거두지 못한 마음이 쓰라렸는지
나도 모르게 목안에 끄응 하는 소리가 고였다

좋은 일

오늘 저녁은 지갑 하나를 진행
집시 여자 세 명이 소매치기한 장지갑으로
성당 앞 무리 속에 머물다 사라진 한 동양인 남성의 것

신분증은 없고 두 장의 신용카드
LEE BYUNG RYUL, 서너 장의 명함 이름과 일치

전화를 연속해서 두 번 걸었으나 받지 않음

지갑 안에 든 내용물을 토대로 서류 작성 시작
라오스 화폐 삼만 키프
러시아 화폐 사백이십 루블
한국 화폐 삼만칠천 원

접힌 메모지 두 장
그리고 얇은 흰 종이에 싸인 또다른 흰색 종이에는
활자 혹은 그림 같은 것이 붉은색으로 그려져 있음

지갑 통째로 투명 봉투에 넣고 밀봉

한번 더 전화를 걸고 받지 않아 퇴근
다음날 출근 후에 다시 전화, 역시 받지 않음

오전 열한시 십분 LEE로부터 전화가 걸려옴
여기가 어디냐 물어서 바르셀로나 13구역 경찰서라고 말함
여권을 가지고 방문하겠다 해서 경찰서 위치를 알려줌

오후 한시 삼십분경 그의 방문
지갑 안에 모든 것이 들어 있는 게 맞냐고 LEE에게 묻자
어떻게 있는 그대로 지갑이 여기로 와 있느냐고 물음

그가 번화가를 걷고 있을 때 여러 명의 집시가 접근했고
집시들의 행동이 이상해 수색을 하니 지갑이 나왔고
잠시 주위를 둘러보니 홀연 그가 사라졌다고 알려줌
이렇게 지갑을 그대로 찾는 건 나도 처음 본다고 알려줌

그 지갑에 든 빨간 글씨는 뭐냐고 LEE에게 물어봄
좋은 일을 가져다주는 종이라면서
사실 그는 그것 때문에 지갑을 찾으러 온 거라고 밝힘

오후 두시경 서류에 그의 사인을 받고 지갑 인계
인사하고 나가던 그가 집시 여자 세 명은 어찌 되었냐 물음
저녁 무렵 훈방 조치될 예정이라고 알려줌
그가 다행이라고 말하고 웃으며 떠남

정물

햇볕이 좋아 뭐라도 하자 싶어
신문지 넉 장을 펴놓고 쌀을 널어 말렸다
잘 마른 쌀을 다시 큰 유리병에 담는데
쌀 틈 사이로
작은 개미 한 마리가 들어가 있는 게 보였다

본능적으로 공기가 많은 병의 위쪽으로
타고 올라올 거라 생각했던 개미는
한없이 아래로 아래로 내려갔다

다른 길로 멀리 펼쳐진 뜻밖의 길

개미를 살려내야겠다 싶어
쌀을 퍼내는 사이
그 얼마 안 되는 동안을 고투하지 못하고
개미는 미동도 하지 않았다
숨을 놓은 것이다

몇 천 톨의 쌀에도 눌리지 않던 개미는
필사적으로 길을 잃었다
개미는 얼마 안 되는 공기의 밀도를
잘못 사용하기로 한 것이다

밥을 지으려 쌀을 씻을 때나
쌀뜨물 위로 떠오르는 개미를 지켜보게 될 것이며

개미의 최후를 지켜봤다는 사실 또한
수챗구멍으로 처리되겠지만

지금 내 이마에 닿는 공기가 아까의 공기보다
더워지고 있는 것은
한 마리의 개미 무게도 쌀 한 톨의 무게도
내가 모시고 사는 헛것의 무게보다 무거울 거라서다

비밀이 없으면 우리들은 쓰러진다지

인류의 모든 비밀은 쓰레기가 안고 있지
입다 버린 것
먹고 소화하여 물로 내린 것
쓰다 헤어진 것

주인을 잃은 그 모든 것들은
한쪽에 치워진 채
말을 걸기만 하면
모든 비밀을 쏟아낼 듯 궁리가 많지

그러고 보면 비밀은 밤에 피어나지 않지
습하고 어둑하고 후미진 곳에서 입으로 숨을 쉬지

얼마나 스스로의 안으로 들어가겠다고
비밀로 걸어 잠그었을까

사람은 자신의 비밀을 상세하게 닮아간다지

그 씨 한 톨마저 없으면 우리는 쓰러지지
자신을 설명할 길이 없지

나의 비밀을 남의 비밀에 포함시키기라도 하면서
한 묶음 두었다가

세계가 다시 따뜻해지면
심어질 필요는 있지

그렇게 비밀이길 비밀이길 바라면서
갑자기 싹으로 치솟지 않기를 바라면서

셔츠 주머니

언제 입었는지
한참 된 것 같은 셔츠 주머니 속에
몇 개 밥알이 뭉친 채로 마른 채로 들어 있다
칠칠맞게 밥을 먹다 흘린 건가

말라비틀어진 밥알을 꺼내
버리려다 말고 오래 만지작거리며 들여다본다

언제 한번은
셔츠 주머니에 단추 하나가 들어 있었다
늪지를 함께 걷던 당신이
내 셔츠에서 떨어진 단추를 주워 건넸다는 걸
더듬더듬하여 알게 되었다

넣어둘 것이 있어 주머니는 마음의 바깥이라던가
뒤집어 보일 수 있으니 주머니는 마음하고 다르다던가
있으면 아무 의미라도 되게
방 하나 심장 그쪽에 들여놓고 산다

풍경을 앓다

좋은 풍경이라는 것이 풍경 안에다 어울리지 않는 것을 두지 않는 것이라면

어울릴 수 없는 나 같은 사람 따위는 얼른 물러나야지 싶은 차에
내게 사진을 찍어달라 했다

둘은 연인으로 보였으며 장대한 폭포 앞이었다

이 풍경에 두 사람도 어울리지 않는다, 라는 생각을 잠시 하고는

사진을 찍어주고 가던 길을 가는 참이었다

한 사람이 따라오더니 왜 둘이었는데 한 사람을 잘라놓고 찍었냐고 따지듯 물었다

내 맘이 그래서요, 라고 사실대로 말할 걸 그랬다

좋은 풍경 앞이었다

부산역

막차를 타야 할까 타지 말아야 할까
고민하는 깊은 밤
역 앞에서 바람을 맞으며 서성이고 있는데
길바닥에 떨어져 있는 책 한 권이 눈에 들어왔다

바람에 책장을 나부끼고 있다
언뜻 보기만 해도 책장 사이로 낙엽이
들어가기도 했다가 나오기도 하는 모습이 보였다

책을 주워들었다
우수수 낙엽들이 바닥으로 떨어지는 바람에
나는 책을 조금 오므렸다

이미 책장 사이로 꽂힌 낙엽들은 나를 올려다보았다
낙엽들을 읽기 위해 나는 조금만 더 밝은 곳이 필요했다
막차를 타지 않고 부산에 남기로 했다

세상의 끝

병실에 누워 있는 당신이

당신은 아프지 않다고 말했습니다

기운 하나 없이 누운 채로 당신은

어렵게 목에다 힘을 모으더니

너를 생각하면 내가 아프다고 말했습니다

어렵게 시작했다 급히 사라지려는 봄이 창밖에 머물고 있었습니다

꽃들에게도 너가 있거나 내가 있어서 아플까 싶은데

당신은 무엇도 하나도 아프지 않다고 말했습니다

실

한 사내가 실을 들고 지나갔다
한 손에 든 실뭉치에서 실을 살살 풀면서
어딘가로 어딘가로 걸어가고 있었다

어느 끝에다 실을 묶어둔 것인지
어디부터 걸어온 것인지
실은 한 방향으로 길게 길게 풀려나가고 있었다

길을 가던 사람들은
실을 밟기도
실에 감기기도 했다

어느 길 중간에서 실에 걸린 사람들은
그 실을 끊으려고도 했지만
절대 그렇게는 끊어지지 않았다

얼마쯤이나 지났을까
실이 공중으로 들어올려지는가 싶어
눈으로 실을 따라가보는데
저멀리로 커다란 연이 떠오르는 게 보였다

인생에 실 하나를 묶어둔다면

인생 어느 귀퉁이에다 실을 묶어두고
어딘가로 어딘가로 마냥 길을 잃어도 되는 거라면

그럼

당신이 물었습니다

내가 그곳에 도착하면 뭔가 필요한 것이 없겠냐구요

네팔에서 만난 사람이었습니다
우리는 다시 만나기로 했습니다

그럼, 이파리를 모아주세요
하루에 한 장씩
아니면 며칠에 한 장씩도 좋습니다
그렇게만 해준다면 돌아올 때
그걸 가져다 문에 바르거나 창가에 놓아두게요

내가 도착하게 되면
그 나라의 나뭇잎들을 흔들어서
내가 알아볼 수 있게 해주겠어요?
그럼 나도 갈 때 한 장씩 모아서 가겠습니다
비행기에서 내리면서 그 이파리들을 어떻게든 흔들어볼게요
아마도 내가 가져가는 나뭇잎은 납작해져 있을 겁니다

우리나라 사람들은 주운 이파리들을
시집 속에 넣어둔답니다

사실 마음에 포개두기도 한답니다

그럼, 십이월에 찾아뵙겠습니다

발문

이별 여행

서효인(시인)

며칠 아니 거의 한 달째 비가 오고 있다. 직장 동료 몇은 직장인의 고통이 임계치를 넘을 때마다 택하던 짧은 해외여행을 올해만큼은 어쩔 수 없이 포기해야 했고, 그로 인해 가까스로 설정한 임계치를 스스로 상향 조정하였다. 우리가 믿고 있던 세계가 무참하게 바뀌어버릴 때, 그 바뀜의 전선에 몸을 던져야 할 때 인간은 보통 불안감을 느낀다. 이것만은 변하지 않으리라는 믿음은 그런 인간에게 안정감을 준다. 시는 행과 연마다 불안과 안정을 번갈아 내놓으면서 생각의 갈피를 교란한다. 응시하듯 다가드는 시, 육박하듯 멀어지는 시. 그 흔들림의 거름망 끝에 하나 남을 것이 슬픔이라고 한다면 괴이한 비약일까. 그렇다고 하더라고 그렇게 말하고 싶다. 올해는 여태 슬펐다. 남은 한 해도 별다를 것은 없을 테다. 이런 올해가 내년에도 내후년에도 반복될 것 같다는 예감은 다시 오늘로 돌아와 현현한다. 자꾸만 이별이, 오늘, 만나자고 하는 것이다. 매번 막지 못하고 매번 당한다. 이 요약할 수 없는 슬픔에.

상대는커녕 밀려드는 것을 막지 못해
매번 당하고 마는 슬픔들은
무슨 재주로 어떻게 요약할 수 있을까

슬픔이 오늘 만나자고 한다

—「슬픔이라는 구석」 부분

시가 아닌 여행으로부터 이야기를 시작하려고 한다. 이병률 시인과 나는 중국 산둥성 지난(濟南) 여행을 함께한 적이 있다. 이박 삼일의 짧은 일정이었다. 시인은 그럴 필요까지는 없었을 호의를 베풀고 호의를 받는 사람의 기분을 살피며 노심초사함을 숨기지 못하는 사람이었다. 호의는 언제든지 당연한 것이 될 준비가 되어 있는 상태고, 어쩜 그 여행도 일행에게는 당연한 날들이었을지도 모른다. 지금 내게 그날의 여행은 당연한 시간처럼 느껴진다. 응당 가야 했을 여행인 것처럼 생각된다. 눈이 오는 것처럼, 비가 오는 것처럼, 슬프면 눈물이 차오르는 것처럼, 그렁그렁하게 사무치는 눈물을 자기 안에서 녹이는 사람들처럼.

만나자고 한 곳은 우선 공항이었다. 시인은 에스컬레이터를 타고 올라오는 사람의 정수리부터 볼 수 있는 곳에 가장 먼저 나와 있었다고 한다. 내가 도착했을 때는 일행의 절반가량이 공항 귀퉁이에 모여 서로의 어색함을 가늠하고 있었다. 시인은 일일이 사람들을 소개하며, 그가 얼마나 좋은 사람인지, 각자의 영역에 착실한 사람인지, 다정하고 속깊은 사람인지 알리려 애썼다. 그러나 그것은 남은 일정이 우리에게 알려줄 일이었다. 우리는 이제부터 이름과 얼굴을 익힐 참이다. 얼굴을 익힌 후에는 얼굴에 어려 있는 그의 오늘과 어제를 헤아리고 이곳과 저곳의 삶을 겹쳐볼 것이었다. 우리가 가진 여행의 몫을 그가 몰라서 그랬던 것은 아니었겠지만. 그는 그저 애를 썼던 거다.

얼굴은 거북한 역할은 할 수 없습니다
안간힘 정도는 괜찮지만 계산된 얼굴은 안 됩니다
바다의 얼굴을 보여주세요

—「얼굴」 부분

중국은 닿는 곳마다 사람이 많았다. 지난은 물의 도시였다. 사람만큼 샘이 많았다. 도시에서 가장 큰 샘에 가서 배를 탔다. 선착장까지 나 있는 길에 자전거를 타고 다니는 소년들을 보았다. 샘이 흩어져 있는 공원에 가서 소풍 나온 어린이와 녀석들을 지켜보는 노인들을 보았다. 지난 외곽에 있는 국립공원에서 카트를 탔다. 산의 지형지물을 깎아 세우는 호텔의 인부를 보았다. 산중턱마다 옥수수를 파는 상인의 얼굴을 보았다. 지난에서 가장 맛있다는 식당은 모두 다녔다. 둥그런 테이블에 음식을 내려놓는 종업원의 얼굴을 보았다. 지난에서 가장 오래되고 큰 재래시장에 갔다. 겹쳐지는 얼굴을 보았다. 수많은 얼굴을 보았다. 얼굴을 보는 것이 여행의 목적이라도 되는 양, 보이는 것에 모두 벅차하며 동시에 보는 것들에 의연히 보낸 시간이었다. 시인의 덕임을 알고 있었으나 덕분입니다, 하는 게 호들갑스럽게 느껴져 가면을 썼다. 가면 위에 가면을 겹쳐 쓸 수도 있어, 어느 순간에는 진심으로 기뻐하고 어느 장면에는 괜히 환호

하기도 했다.

샘의 도시답게 샘물이 쌍계사의 약수처럼 길가에 음용수로 흐르고 있었는데, 누가 시범으로 그걸 마셔보라 했다. 한심한 편견에 불과하지만, 그때만 하더라도 그 나라의 것은 어쩐지 아주 깨끗하지는 않을 거라 짐작하는 편이었는데, 그런 생각을 하는 나는 정작 세수를 한 지 오래였다. 더운 날에 이마에 솟은 땀을 손바닥으로 훔치고 바지춤에 쓱 닦을 때까지 아무도 나서지 않아 내가 마셨다. 미지근했다. 이후 코밑이랑 쇄골 위쪽이 조금 간지러운 듯도 했다. 샘에 비친 얼굴을 보았다. 우리는 관광객이기에 거의 같은 자세로 같은 호수에 얼굴을 비추는 중이었다. 샘의 표면에는 가끔 기포가 터져올랐고, 흐릿한 물결이 우리의 얼굴을 튕겨내고 있었다.

어떻게 마련된 팸 투어인지는 모르지만 그곳에 모인 사람들의 평안함과 즐거움에 이병률 시인은 당면한 책임감을 피하지 않았다. 신경을 쓰고 있었다. 애썼다. 거기에서 시인이라는 종족은 우연하게도 나뿐이었는데, 나를 제외하면 또한 그곳의 유일한 시인일 그의 얼굴을 나는 보는 듯 안 보는 듯 자꾸 보았다. 내가 볼 때마다 시인은 다른 이의 얼굴을 보고 있었다. 즐거웠는데, 좋았는데, 충분했는데, 그럼에도 그 얼굴들을 보고 있었던 얼굴 하나를 생각하노라면 이미 없는 사람이 남긴 비밀번호를 조합하는 기분이다.

우리의 아무 일 같은 것이 단추가 되어
느슨히 떨어지기도 하는

그 극명한 절정의
전과 후가 만들어낸 길을 걷다가

그만 실을 밟고 실에 감겨 넘어지면서
밤길을 걸었다

—「단추가 느슨해지다」 부분

아마도 그때의 시인은 할 수 있는 전부를 했을 것이다. 지금 지난에서 만들어지고 있는 인연도 언젠가는 느슨해질 것을 알고 있어서 시인은, 그래야 함이 마땅하지 않을까 싶어서, 밤길을 걷는 심정으로 주변을 두리번거리며 지난의 호텔과 지난의 공원과 지난의 재래시장과 지난의 맛집들에서 최선을 다했을 테다. 거기에서 만난 좋은 사람들은 여전히 각자의 자리에서 좋은 사람들일 테지만, 지난 이후로 우리는 별로 만난 적이 없고, 시간이 흐름에 따라 인연마저 느슨해지고 헐거워졌다. 이렇게 지나버린 시간과 달라져버린 입장 앞에서 우리가 만났던 도시의 이름을 중얼거리는 게 철 지난 우스갯소리처럼 느껴지는 것도 썩 얄궂다. 그렇게 지난, 우리의 지난.

이병률의 시는 그러니까 그날의 여행처럼, 어쩌면 지금

뿐일, 어딘가로 더 나아가지 못할, 여행의 뒤끝에서 나란히 선 이의 얼굴을 보는 데 최선을 다한다. 지금의 일 또한 지난 일이 될 것이라는 평범한 확신을 다시 최선의 오늘로 길어올리는 데 주저하지 않는다. 다시 돌아올 줄 알면서 떠난 여행지에서 쉬지 않고 걷는다. 다시 만날지 모르는 사람의 얼굴을 찬찬히 본다. 그것들을 기억하는 것으로 이별의 허망함을 이길 수 있다는 듯이, 오늘 만나자고 하는 이별의 냉혹함에 어제의 최선이 무슨 방어술이라도 된다는 양 그렇게 한다. 그는 자신의 삶을 대신 살아주고 있는 누군가를 반복적으로 느끼는데, 타지를 걷고 타인을 바라봄이 익숙한 그것은 생경하면서도 자연스러운 감각이 아닐는지. 시인을 닮은 사람이 이윽고 그를 관찰하고 걱정하고 기억하여 애써 시를 써도 이상할 일은 없겠다. 마음의 여행지와 시선의 주둔지 모두 자신을 닮은 그를 향해 있다 하더라도. 그리하여 자신의 장례식장에 스스로 찾아가 최대한 웃으려 노력하는 사내가 된다 하더라도.

한 노래만 열흘 동안 듣는 나를 때리고 싶거나
모든 것이 소망했음에도 깜깜하거나
누가 오래 아프거나
입을 여는 일이 서걱일 때

그럴 때가 있어서

어떻게든 이으려 애쓰는 것도 중요하겠지만
모두를 없애는 것도 중요할 때

이기지 않으려는 것까지도 중요할 때
—「나는 하루 한 번 북극 항로를 지난다」 부분

이전 시집 『바다는 잘 있습니다』(문학과지성사, 2017)에서 특히 「당신은 사라지지 말아라」를 가장 좋아한다. 당신 뒤에 붙은 조사 '은'으로 말미암아 당신 혹은 나, 둘 중 하나는 사라지고 말리라는 예감 때문이다. 이런 예감은 불안을 자아내고, 불안은 슬픔으로 제 몸을 이동시킨다. '우리'의 호시절은 바다와 달리, 사라져 없기 때문이다. 같은 책의 발문에서 김소연 시인이 말한 '우리'도 그러하다. 이토록 온당한 슬픔을 일으키는 시집을 손 짚어 읽고, 그 시를 말하는 다른 시인의 유려 담백한 문장을 따라 읽다 중간에 멈추었다. "이병률이 사는 집에 간 적이 있다. 많은 시인이 거실에 둘러앉아 있었다." 그 시인 중에 나도 끼어 있었나보다.
이어 그곳에 적힌 문장대로 세월이 지나 우리는 소원해져 버렸는지도 모른다. 그것이 자연스러운 일인 게 사실 자연스럽다. 그날 이후로 나의 삶은 지옥에 더 가까운 것 같다. 나는 이병률 시인의 아파트를 부러워했고, 내가 가져간 전어 굽는 냄새가 아파트의 벽지와 단정한 가구에 오래 머물

까봐 걱정했다. 이젠 그런 걱정도 사라져버렸고, 그날의 시시껄렁한 농담과, 왁자지껄한 수다 같은 것도 온데간데없다. 그것을 처음부터 없던 것으로 하는 대신 시인들이 시인이라는 이름으로 저지르고 또한 시인들이 시인이라는 이름으로 알게 모르게 지나친 것들을 모두 지워준다면, 그런 한가한 거래를 제시할 신은 세상에 없겠지만, 하여튼 그렇다면 한번 해볼까 싶은 것이다.

그날 기꺼이 생선 냄새에 집을 내주었던 이병률 시인에게 형, 요즘 시 쓰기가 너무 어려워요, 사실 예전부터 어려웠어야 했었는데…… 하는 말을 뇌까리며 하염없이 울어도 괜찮겠다 싶지만, 곁에서 딸들이—특히 그날 시인의 집에 둘러앉아 있던 날에는 세상에 존재하지도 않았던 둘째가, 세월의 흐름을 존재함으로써 증명하는 녀석이—울지 말라고 참견할 것만 같다. 역시나 어떻게든 이으려 애쓰는 것만큼, 아니 그보다 더 모두를 없애는 것도 중요하다. 지금이 그때다. 우리는 우리의 과거를 상대로 졌다. 오늘의 최선은 부재하고 내일의 여행은 미지수다.

그린란드 요리로 순록을 먹은 그다음날이었다.
빙하로 덮인 곳에서 흰곰을 발견했다
흰곰이 먼저 형을 발견하고 접근한 건지도 몰랐다

형은 곰을 사진 찍었다

여러장의 사진을 찍는 동안
곰이 형의 주변을 동그랗게 그것도 여러 번 돌았다
그때마다 형이 할 수 있는 일은 긴장하기와 그럼에도 불구하고 사진 찍기

(……)

누가 형에게 어제 그곳에 가지 않았느냐고 물었다
어제 마주친 그 곰이 먹을 것이 없어 굶어죽었고
새벽에는 그걸 처리하고 왔다며
그 곰털 가죽을 사지 않겠냐고도 물었다

—「형은」 부분

앞서 언급하기도 한 이전 시집의 수록작, 「당신은 사라지지 말아라」에 응답하듯 시인은 「사라지자」라는 시에서 이렇게 쓴다. 산이 원래 바다였듯 당신도 원래 바다였다고. 시인이 지칭하는 모든 이가 원래 바다였다면, 그들은 지금 바다가 아니다. 그들은 변했다. 그중 하나는 그린란드에 가 순록 요리를 먹는 사내가 되었다. 무엇이 되기 위해서, 자신에게 잘못된 것을 어쩌기 위해서 그는 여행을 떠났는데, 시인은 그걸 두고 남들이 여행하는 방식과 다르지 않다 하였다. 그는 사진을 찍는 사람이지만, 멋대로 시를 쓰는 사람이라 바

꿔 읽어보았다. 무엇이 되기 위해 그리고 잘못된 것을 어쩌기 위해 떠나는 사람으로 시인이 제격으로 생각되었다. 그리고 그에게 감히 고백하고 싶었다. 아직 애쓰고 싶다고. 무엇이 되고 싶다고, 잘못된 것들을 고치고 싶다고, 이어보고 싶다고, 놓치기 싫다고……

그런 이야기를 위한 여행을 꾸려보았다. 곰에게 잡아먹히지 않은 형이 나를 중국 산둥성까지 데려가주었으니 나 또한 어딘가로 형을 불러내야 쓰지 않겠는가. 중국 여행도 함께하고, 집에서도 만난 사이건만 결정적으로는 이병률 시인과 항구에 간 적이 없다. 그와 항구를 걸으면 좋겠다고 생각한다. 목포나 군산, 여수나 통영에서 아님 제주도나 흑산도도 좋겠다. 좋아하는 자리를 골라, 그 자리에 잠시 좋은 사람을 데려가는 것도 아무렴 좋을 것이다. 그가 이병률이어도 괜찮을 것 같다. 아니, 그가 이병률이 아니면 안 될 것만 같다. 둘보다는 셋이 좋겠다. 넷은 안 될 것 같다.

우선 자동차를 운전해 그의 집 앞에 갈 것이다. 이른새벽이 어울리겠다. 근사한 음악 말고, 십사분이나 삼십칠분처럼 아무런 시각에 지금 몇신지 알려주는 라디오를 틀어놔야지. 그리고 완전히 해가 뜨기 전에 그린란드에서 있었던 일을 물으려 한다. 그때 찍은 곰 사진도 보여달라 졸라도 되겠지. 죽을 정도로 배가 고픈 곰은 형을 왜 죽이지 않았을까. 함부로 제 얼굴을 사진에 담는 자를 넘어뜨리고 가죽을 벗기고 내장을 파낼 수도 있지 않았을까. 나는 이런 질문을,

살기 위해 신호도 지키고 차선은 필요할 때만 바꾸며 고속도로 규정 속도를 준수한 채 물을 것이다.

사람들이 북적대는 항구에서
수족관에 들어 있는 방어 두 마리의 꼬리를
누군가 굵은 고무줄로 묶어놓은 걸 보았다

큰 물고기가 안간힘을 쓰면 그 힘이 엄청나서였을까
아니면 묶는 것이 하나의 단위여서 그랬을까

사람도 둘을 하나로 묶어놓으면 떼어낼 수 없는가
그러면 천국과 지옥의 몫은 이분의 일로 양분될 수 있는가

—「바닷가에서」 부분

아무런 항구 곁의 숙소 자리에 차를 대고 걸어간 횟집 앞에서 수족관의 물고기를 서로 말없이 바라보며 천국이니 지옥이니 하는 걸 떠올려도 좋겠다. 그런 용케 시인 같은 생각은 속으로만 낮게 중얼거리고 겉으로는 애쓰지 않고 이번 참에 먹을거리 같은 것이나 상의하면서. 뭐 먹고 싶니 물어오면 다 좋아하는데, 문어는 어때요, 대답하면서. 문어의 최후 같은 것은 속으로 삭이면서. 삭이는 질문과 내뱉는 질문을 번갈아 맡아 할 수 있는 손발 맞는 친구가 옆에 있으

면 더 쉬울 것이다.

그리하여 소주 몇 잔의 힘을 빌려 곰도 죽고 문어도 죽는데, 시인은 죽음을 목도하는 고통을 묵묵히 견디고 삭이고 삼키고 저미고 눅여야 하는지 형은 아느냐고 묻고 싶다. 시인은 대답은 안 하고 부스스 웃을 것만 같다. 그렇다면 시간의 흐름에 따라 이만큼 저만큼 소원해진 시인들의 이름을 하나씩 불러보며 즐거웠던 일 덜 즐거웠던 일 안 즐거웠던 일 들을 말할 수도 있을 것이다. 사랑하는 이가 오거나 가거나 할 때 배웅할지 마중할지. 1900년부터 살아온 시절이 어땠는지, 그게 한 문장으로 요약이 되는지, 시 문장에 시라는 칼이 잘 박히는지. 그런 것들을 뻔뻔하게 밥을 먹으며 밥을 못 먹게 묻고 싶다. 사람들 북적대는 항구에서. 산 물고기를 곧 죽이기 위해 가둬놓은 횟집에서.

그날은 비가 오지 않았으면 좋겠다. 덥지도 춥지도 않은 날이면 좋겠다. 마스크를 쓰지 않아도 되는 날이 그때까지 와 있으면 더할 나위 없겠다. 「숨」에서 시인은 이렇게 적기도 했으니까. "신은 인간에게 채찍 대신 마스크를 나눠주었다/ 사랑하지 말라는 의미였을까/ 입을 가만히 두라는 뜻이었을까" 사랑해도 되고, 조금 촉새처럼 굴어도 되는 날이면 항구에서 항구 바깥의 바다까지 산책해야겠다. 가다가 적당한 카페가 보이면 들어가 잠시 말을 멈추고 정성스러운 글씨로, 대신 누가 읽을 수는 없게끔 한 바닥 써서 숨겨놓고 나와야겠다. 사람들은 시를 읽을 때처럼 그게 무슨 말인지는 모르겠는데, 지나치기에는 아름다운 슬픔이 보여 잠시 서서 그걸 누구에게 줄까 골똘할 것이다. 그런 생각을 하면 사뭇 통쾌하다고 시인에게 말해야지.

어느 끝에다 실을 묶어둔 것인지
어디부터 걸어온 것인지
실은 한 방향으로 길게 길게 풀려나가고 있었다

길을 가던 사람들은
실을 밟기도
실에 감기기도 했다

어느 길 중간에서 실에 걸린 사람들은
그 실을 끊으려고도 했지만
절대 그렇게는 끊어지지 않았다

얼마쯤이나 지났을까
실이 공중으로 들어올려지는가 싶어
눈으로 실을 따라가보는데
저멀리로 커다란 연이 떠오르는 게 보였다

—「실」 부분

밤이면 보나마나 술을 많이 마시겠지. 비밀을 모두 털어

내어 쓰러질 때까지, 털어낸 비밀들 망각의 구멍으로 쑤셔 넣어 다시 비밀이 비밀이게끔 만들겠지. 그즈음이 되면 시인이 동행과 내게 물을 것 같다. 애인에게 들은 말로 가장 깊게 가라앉은 적이 언제인지. 너는 너에게 어떤 배역을 주고 싶은지. 네가 탈탈 털어 살아가고 있는 너의 전생은 무엇인지. 나는 동행이 먼저 말을 하길 기다리며 꾸벅꾸벅 졸 것 같다. 술을 많이 마시면 조는 버릇이 있다. 영혼을 의탁하는 것이다. 술잔을 마주하고 앉은 당신에게. 변해버린 온도를 감지하는 당신의 이마에게. 내 맘이 그래서요, 라며 부리는 심술마저 용인되는 그대 안의 그럴싸한 풍경에게.

그리고 다음날이 되면 어색하게 일어나 해장국이나 후후 불어 먹으며 이별을 준비할 것이다. 오늘의 이별 이후 우리가 다시 소원해진다고 하더라도, 세월의 더께를 미리 짐작하지 않고, 오늘을 오늘로서 내일은 내일로서 문장을 가다듬고 쓴다. 그러니 이별이 오늘 만나자고 인사를 한다 하더라도, 거기에 짐짓 아무렇지 않은 척 수인사를 건넬 수 있는 것이다.

그 수인사를 건네는 손등과 팔꿈치와 어깨 곳곳에 묻은 슬픔을 시인은 안다. 그 슬픔이 아름다울 수 있다는 것도 익히 안다. 아는 만큼 시가 될 것이며, 그만큼이면 사람이 알 수 있는 거개의 것을 아는 것이다. 그러니까 자꾸 귀찮게 묻게 된다. 선배는 내게 먹고 싶은 것, 좋아하는 것을 묻는데 나는 별의별 것에 다 물음표를 단다. 불안해서 그런다. 슬퍼서 그런다. 그리고 그것들이 아름다워서 계속 그럴 것만 같다. 그런 믿음을 지속한 채 이번 여행을 끝낸다. 시인 이병률과 이병률의 시와 함께하는 여행이라면 언제든 어디든 누구든 마음에 포개두기 좋게끔 아름다우리라는 믿음도 위와 같다.

이병률 1995년 한국일보 신춘문예로 등단했다. 시집으로 『당신은 어딘가로 가려 한다』『바람의 사생활』『찬란』『눈사람 여관』『바다는 잘 있습니다』가 있고 산문집으로 『끌림』『바람이 분다 당신이 좋다』『내 옆에 있는 사람』『혼자가 혼자에게』가 있다. 현대시학작품상, 발견문학상을 수상했다.

문학동네시인선 145
이별이 오늘 만나자고 한다

1판 1쇄 2020년 9월 1일
1판 8쇄 2023년 12월 1일

지은이 | 이병률
책임편집 | 김영수
편집 | 이재현 강윤정
디자인 | 수류산방(樹流山房) 본문 디자인 | 유현아
저작권 | 박지영 형소진 최은진 서연주 오서영
마케팅 | 정민호 서지화 한민아 이민경 안남영 왕지경 황승현 김혜원 김하연 김예진
브랜딩 | 함유지 함근아 고보미 박민재 김희숙 박다솔 조다현 정승민 배진성
제작 | 강신은 김동욱 이순호 제작처 | 영신사

펴낸곳 | (주)문학동네
펴낸이 | 김소영
출판등록 | 1993년 10월 22일 제2003-000045호
주소 | 10881 경기도 파주시 회동길 210
전자우편 | editor@munhak.com
대표전화 | 031) 955-8888 팩스 | 031) 955-8855
문의전화 | 031) 955-3576(마케팅), 031) 955-2679(편집)
문학동네카페 | http://cafe.naver.com/mhdn
인스타그램 | @munhakdongne 트위터 | @munhakdongne
북클럽문학동네 | http://bookclubmunhak.com

ISBN 978-89-546-7420-1 03810

잘못된 책은 구입하신 서점에서 교환해드립니다.
기타 교환 문의: 031) 955-2661, 3580

www.munhak.com

문학동네